Day Tripper III

—退職教員のたわごと—

NAGATA Shunya
永田俊也

文芸社

目次

蜜　柑 ㈠

母の見舞いに田舎から蜜柑が届いた。檸檬色の夏蜜柑から濃い橙、中には葉のついた檸檬まで混ざっている。美顔もあばた面もとれたての精気を発散させながら、ダンボールの底でひしめき合っている。箱を覗《のぞ》き込んでいる病人の顔色とは真逆《まぎゃく》である。が、独り暮らしの老人に肉厚の蜜柑を数十個送ることが、見舞いと言えるのだろうか。下手をすると自分で剝《む》けないだろう。最低でも十日経《た》たないと食べられない、送り主は何度も念を押したそうだ。私は適当に十個程見繕い、学校で配ることにした。

同僚に何かをあげるのは、たとえそれが他愛ないものでも結構気を遣う。気に入って貰えるかが気になるのではなく、何となくおこがましい気がするのだ。送り主の注意を繰り返し、私は漸《ようや》く蜜柑を配り終えた。若い国語教師の机には檸檬を置いた。

放課後グラウンドに出ようと、体育館に続く石段を上りきったところで私は眼を疑った。朝配ったばかりの蜜柑が護美箱《ごみ》の上に置かれているではないか。網で編まれた無骨なもので底には四本の足がついており、蓋は重みのある木製の円盤である。二つの穴が開いているので空き缶入れだろう。幸い空で風通しが良いので不潔感はない。蜜柑の下三分の一程が穴に収まり、自らの意志で鎮座したかのように、ゆったりと冬の夕陽を浴びている。

対照的に私の心は穏やかではない。要らないのなら最初からそう言えばよい。僅か十人程の部屋に屈折した陰湿な奴がいるのか。そいつは普段何喰わぬ顔で私に挨拶をしているのだ。思わず右手が伸びかけたが、そのままにして措くことにした。

一汗掻《か》いて部屋に戻り、ざっと机を見渡した。幸い蜜柑達は無事なようだ。置かれていたのは配ったものより大きかった。第一、無闇に人を疑ってはいけない。

それは自分の僻《ひが》みである。

数日後疑問は解けた。南校舎四階、西奥の一四四教室。私は黒板に問題を書くと窓の桟に両肘をついた。左手には大文字山から緩やかに連なる東山。右手の彼方に天王山。京都に両手で包まれているような安心感があり、生徒のざわめきが遠くに聞こえる。ゆっくりと視線を戻してゆくと、大徳寺の塔頭は別格として、周囲の民家も夫々に意匠を凝らしている。学校に隣接する西南隅の家の庭には丁寧に畝が作られ、最早、家庭菜園の域ではない。嘆息して踵を返そうとした時である。たわわに実をつけた蜜柑の木が眼に飛び込んできた。

高さは三、四メートルで樹冠が広い。実の重さに耐えかねた何本かの枝が撓《しな》り、塀を乗り越えて構内に達している。生徒が落ちた（捥《も》いだ）実を護美箱まで運んだに違いない。木から第一体育館までは一直線だ。ここに来て丸二年、近くの栗の木ばかりに気を取られ、蜜柑には気が付かなかった。季節は秋から冬に確実に移ろっていたのである。

私は見知らぬ生徒の遊び心に感心し、解答を始めた。

お洒落

錦繡の候、朝日に輝く船岡山は一日の活力をくれ、夕日に染まる大文字は一日の労を労う。加えて紫野にはもう一つの錦繡がある。生徒達のお洒落である。服、靴、鞄、数に優る女子は様々な装いを凝らし、正に千紫萬紅である。目が疲れた時は、男子の小ざっぱりした軽装が箸休めになる。

私も服には気を遣う方だ。まず色合い。同系色でまとめるか、補色を組み合わせるか。帽子がなくても、黒い髪の毛と黒い革靴が既にお洒落である。次に質感。コールテンのジャケットと綿のシャツでは双方の良さが失われる。私はツィードのようなやや重めの服が好きだ。服との一体感が愉《たの》しめるからである。猫の開けた穴や少々の汚れは気にしない。生活は服装に表れる。

ただ、服を選んでいてふと虚しくなる時がある。服に拘るのは心が満たされていないからである。数学に没頭していた友人達は、一年をほぼ同じスタイルで過ごしていた。

つまるところ、一番のお洒落は裸なのではないか、自分が自分であること……。

日溜まりの猫達を見てそう思う。

小　指―陸上部のみなさんへ―

私は下手糞な捕手だった。戦況が読めないとかリードが単調とかいう次元ではない。ショートバウンドを慌てて右手で摑みにゆくのである。お陰で現在無事なのは小指だけになってしまった。

が、小指が健在ならまだ救いはあるのである。ノックをしていた或る日、私はふと気付いた。右手の小指をリラックスさせた方がよく飛ぶのだ。バットをしっかり握るのは左手で、右手は方向指示器であり、トスが遠くなっても右手を投げ出すように被せれば、何とかボールには当たる。

錦織選手がスマッシュを打つ瞬間、空いている左手は翼を拡げた大鷲さながらに伸び、五本の指は大きく開かれている。とりわけ人差し指と小指の間隔は広く、小指は少し曲がっている。そうすることで全身のバランスが保たれるのだろう。

漸く陸上に戻る。一〇〇メートル競走では誰一人拳を握りしめている選手はいない。上半身をリラックスさせればストライドが伸びる。選手の指は自ずと開くのだ。ボルトの馬力には勿論《もちろん》、掌の使い方にも感嘆してしまう。皆さんも是非今度、両手の小指を意識して欲しい。

これはスポーツに限った話ではありません。卒業して壁に当たった時、身体の一部を遊ばせると案外気が楽になるかもしれません。今後の活躍を期待しています。

小さな工夫

新入生の皆さん、入部おめでとう。

御覧の通り堀川は練習環境には恵まれていません。でも練習時間以外を有効に使えばカバー出来ます。階段を上ればふくらはぎが、下れば反対側が鍛えられます。時には一駅前で降りて歩きましょう。

この辺は歴史の宝庫、何か発見があるかもしれません。小さな工夫の積み重ねでタイムを縮めてみて下さい。

ゼッケン67

スポーツを文章にすることはむつかしい。秘話や伝記は多いが、選手の息遣いや競技場の芝の臭いまで伝わってくる文章は少ない。

学生の頃、弟の本棚を漁《あさ》っていたら、小学校の国語の教科書が出てきた。『ゼッケン67』は東京オリンピックの一万メートル競走に出場した、セイロン（現スリランカ）の選手の話である。四〇〇メートルトラックを二十五周する過酷で単調なレース。彼は周回遅れになりながら完走を果たす。そして胸を張って話す。

「私の国は貧しい。しかし今日ここで走れたことを私は誇りに思う」

ダボダボのパンツにランニングシャツ、シューズの調達もむつかしかっただろう。

小学校の教科書だから、何事も最後まで諦めるなとか、スポーツは参加することに意義があるなどのお題目だったのかもしれないが、私は強い印象を受けた。たった数枚の文章から彼の達成感が充分に伝わってくる。褐色《かっしょく》の肌に白い歯を覗かせて彼はインタビューに応じたのだろう。帰国後、彼はどのような人生を辿ったのか。

時折思い出しながら三十年が経った。そして先日、ふと開いた詩集の中で彼と再会することが出来た。

「最後の選手」　　菅原克己

最後の選手が走ってゆく。
走ることでいっぱいで
今は、ちょっと声をかけても

噴き出すように涙が出るだろう。
（中略）
ふいに静まりかえった空間の下の方に
ポツンとひとり、
胸をふいごのようにして
いま世界でいちばん孤独な
セイロンの選手が走ってゆく。

『スポーツ詩集』花神社収録

テレビ、ひょっとするとスタンドで見た詩人の眼は確かかもしれない。しかし私は、カルナナンダは孤独などではなかったと思う。ペースメーカーが付き、高速化された現代の長距離走とは異なり、半世紀以上前のレースには、大地を踏みしめ一歩ずつ進んでゆく、更地に手作業で丸太小屋を建てるような遅々とした走りをする選手もいたに違いない。

それは六〇年代初頭、かつて植民地だった国々が次々と独立し、貧しくとも新しい国を自ら造っていく過程に通ずるとも言える。

時は初秋、涼風の吹くトラックで彼の脳裏には勝者のように、真新しい国旗を掲げウィニングランをする自分の姿が浮かんでいたのかもしれない。

はばたいてゆくみなさんへ

前任校にSさんという若い国語教師がいた。彼はインターハイの出場経験がある走り幅跳びの選手で、大学でも競技を続けたそうだ。一見華奢な優男だが、お洒落なパンツの臀部がそれを物語っていた。陸上部の〝名ばかり顧問〟だった私は、女子用の槍で的当てをしながら練習を見ていた。彼は生徒の体の動きにとても敏感だった。体の軸がぶれたり余計な力が入っていたりすると、アップの段階からそっと背後に回り、掌で支えてやっていた。勿論、言葉で説明するだけでなく、最後に彼が軽く流すと生徒の間から溜息が漏れた。フォームの差は歴然としていた。速くても前進しているだけの生徒（失礼！）に対し、彼は周囲の空気との一体感を愉しんでいるかのように跳んでいた。

彼はこう話してくれたことがある。

「本当に調子の良い時は風が変わるのが背中で予感出来る。そうしたら一気にスタートを切るんです」

ひどく感心した私は一冊の詩集を手渡し、気に入ったやつを選んでくれと頼んだ。程なく彼は「これメッチャわかる」と川崎洋の詩を指さした。

走る

世の中
なにがいったい正しいことなのか
断言するとなると　ためらってしまう
ただ　はっきりしているのは
力の限り走って

走って走って
走り抜いて
土の上に転がって
閉じた瞼の裏に
空の青が透けて映ったときの
あの　いい気持

馬力はもうひと雫も残っていないのに
心は存分に充電されてずしりと重い
あの気持

これだけは間違っていない　と
うなずけるのだ

『スポーツ詩集』花神社収録

三年間御苦労様でした。これからも走り続けて下さい。

甲《カブト》虫《ムシ》

叶いそうで叶わない夢がある。私にとっては甲虫だった。黒光りする甲冑を身につけた、威厳と寛容を合わせ持つ昆虫の王。凡そ都会っ子ではないのにカブトやゲンジとは縁がなかった。友達が木を蹴ったら落ちてきたなどと話していると、羨ましくて仕方なかった。樹液に集まる彼らが見たい、いる筈のない街路樹を見上げつつ半世紀が経った。その夢が先日ついに半分叶ったのである。

私はいつものように踏切で自転車を降り、だらだら坂を登り出した。仕事の疲れはピークに達し、顔を上げるのも億劫《おっくう》だ。ぼんやりとこの辺りで拾った梅の実の食べ方を考えていた時だ。足元でカサカサと引っ掻くような音がする。枯れ葉にしては力強い。周囲の空気が動くのを感じ、注意深く屈み込むと彼がいた。

突然の邂逅に戸惑いながら、後ろの角をつまんで街灯にかざしてみた。前足を大きく拡げて抵抗するが、首根っこを押さえられては仕方がない。体長五センチ程、茶色がかった甲冑はまだ柔らかく、脱皮して日の浅い若武者である。近くに櫟《クヌギ》林は見当たらない。北堀公園から飛んで来たのか、小学生の虫籠から脱走したのか、いずれにせよこのまま別れるのは惜しい。私は右手でハンドルを持ち、左手で彼を胸ポケットにあてがい部屋に戻った。

何をするかわからない猫達を部屋に閉じ込め、水切り用の笊を探したが見当たらない。急に明るい所に連れてこられて彼は一層興奮している。生憎、朝食べた西瓜は残っていない。グラニュー糖に水を入れ胡瓜をまぶしてみたが見向きもしない。お尻から網目の入った下翅が覗いている。羽ばたきの準備だ。もてなすつもりがこれでは真逆である。放っておけばガラス窓に体当たりを繰り返し死んでしまうだろう。これまで、いい加減な好奇心から何度動物を死なせたことか。私は漸く発想を転換した。自分が虫籠に入ればよい。

後ろの角をつまんでヴェランダに出、網戸にそっと押し付けた。遠まきながら灯りも消した。拘禁を解かれて一息ついた蛇腹が見える。背中程ではないにせよ、樹皮に擦られている腹筋（？）にも王の貫禄が漂う。私はその眼にどう映っているのだろう。

無駄だとわかっていたが、一応、胡瓜もヴェランダに置いた。飼うのは無理でも蜜を吸う姿が見たかった。暫《しばら》くすると彼は躊躇《ちゅうちょ》なく網戸を直登し始めた。そして二、三度羽ばたきをすると、灯の漏れる二〇三号室目がけて飛び立っていった。真上の住人は、肩の筋肉が盛り上がったパンチパーマの職人だ。同じ肌の色をした甲虫を粗略に扱うことはないだろう。

急に部屋が広くなったような気がした。念の為、雨戸は閉めずにおいた。僅か三十分の逢瀬だった。

パソコンとインド人

初めて勤めた高校での話だ。私に電話が入った。当時、新人に電話がかかってくることはまずない。取り継いだ事務室も「外国の方からです」と当惑気味だ。取《と》り敢《あ》えず継いで貰った。

「あなたは幸運にも数百人の中から選ばれました。今ならコンピュータが半値で購入出来ます。つきましては説明に伺いたいのですが、ご都合は？」

流暢な日本語は兎も角、今思えば典型的な悪徳商法である。ただ私は若く好奇心旺盛で、かつ暇だった。流石《さすが》に胡散臭い気はしたので、会見の場は学校のロビーにした。

二時間後、彼は汗をふきふき現れた。わざわざ大阪から京阪電車に乗り、「おんな坂」と呼ばれる急坂を登ってきたのだ。褐色の肌に皺ひとつないワイシャツ、ネクタイの柄も爽やかだ。よれよれのTシャツとGパンの私の対極である。インド人かなと思ったらインド人だった。大仰に両手を拡げ握手を求めてくる。立ち話もなんなので椅子を勧めた。麦茶を出す気配りはなかった。

現在と異なり一人一台のパソコンどころか研究室に一台、ダンボール箱のように嵩張るコンピュータがあっただけである。鋸歯状波を解に持つような微分方程式をつくるのが私の卒論だった。自分で（実際には先生が）書いたプログラム通りに、コンピュータが波形を描くのは嬉《うれ》しかったが、基本的に手計算が好きで箱には興味がなかった。

インドが数学大国であることさえ知らない新人に彼は、これからはコンピュータの時代だと実例を挙げて熱弁をふるった。普及したら購入を考えると、日本人的な曖昧な返事を繰り返しているうちに、彼の表情は曇っていった。そして切り札を出した。

「NAGATAさん、ソフトどうですか、ソフト」

ところが私は「ソフト」という言葉さえ知らず、コンピュータの新種だと思っていた。彼は営業マンの枠を越えて、本当にコンピュータが好きだったのだろう。屹度、数学にも精通していた筈だ。

終に彼は諦め、握手を求めながら言った。

「NO、NO。あなたはおそらくこれからもコンピュータに興味を示さないだろう」

白い歯と哀しげな眼は今もはっきり覚えている。

あれから三十五年。私は各地の学校を転々とし、今年定年を迎えた。彼の予言は当たっていた。ワードでエッセイを書くのが精々で、パソコンから逃げ続けたのである。書類すら作れないので再任用は諦めざるを得なかった。

私は今、父の座わり机でこの文章を書いている。パソコンどころかコピー機もなかった六〇年代初頭、文献を漁りにインド洋から紅海を経てイギリスに渡った父なら、どんなコメントをするだろうか。

蜜柑㈡

云いようのない疲労と倦怠に捉われている作家が、帰京の為、横須賀線に乗る。座席に腰を沈めやや落ち着いたが、それも長くは続かない。かまびすしい下駄の音と共に、十三、四の小娘が無遠慮に乗り込んできたのである。彼は粗末な身なりの、皹《あかぎれ》だらけの赤い頬の娘に不快感を覚える。汽車がトンネルに入ると疲労は否応なく増し、すべての物が逆方向に走っている錯覚に陥る。それは娘への不快感を増大させ、二つ目のトンネルに差しかかるとピークに達する。なんと娘は窓をこじ開けようとしているのだ。が、汽車がトンネルを抜けた途端、彼はすべてを悟る。娘は風呂敷包みの蜜柑を次々と窓から投げている。線路の土手の下で、見送りに来た弟達が歓声を上げている。

前回読んだのはいつだったか記憶にない。薄暮の中で輝きを放ちながら放物線を描く蜜柑。その時浮かんだ光景は、今回も色褪せることなく蘇ってきた。蜜柑はハウス蜜柑のように無表情ではなく、小ぶりで様々な色合いをしていたのだろう。今朝母親が捥いだばかりで、葉のついたものもあった筈だ。作家の心の動きからもわかるように、不器用に、しかし心を込めて投げられた物体の描く放物線には、どこか人の気持ちを和らげる作用がある。左手で袂を押さえ、右手首だけで投じられた蜜柑。

今回も、真っ先に私の注意を惹《ひ》いたのは蜜柑なのだが、それだけではない。芥川氏という人はなんと我が儘なのだろう。自分が内面との格闘に疲れたからと言って、周り中に悪態をつく必要はない。トンネルの中の汽車、田舎者の小娘、卑俗な記事にみちた夕刊……。三等の切符を握りしめて二等に乗った、いじらしい娘を愚か者よばわりは非道い。彼女は家族の為に、これから東京の容赦ない現実と闘うのである。氏の怒りのうち正当なのは、開いた窓から黒煙が流れ込んでくる箇所だけだ。

が、それでもやはり氏は氏である。常時漠然とした不安を抱えているからこそ、日常性に潜む小さな美に五感が反応するのだ。それを読んだ見知らぬ人達の心は、たとえ一時でも潤う。

今のところ私には氏のような疲労感はない。しかし始終苛々している。同僚の世間話、垂れ流しのニュース、喧騒にみちた街の通行人……。毎日同じことを繰り返して一体何が楽しいのだろう。周囲に同化すれば心の平穏は得られるが、新しいものは創れない。

私が拠り所としている、読書算盤の中で最近不調なのが「書き」である。ストーリーばかり考えて筆が全く進まない。が、「蜜柑」が小説ならばこれ迄書き溜めてきたエッセイの中にも小説はある筈だ。組み立てるのではなく、まず情景を切り取る。その先は後で考える。今回「蜜柑」に自分の原点を指摘して貰った気がする。

三つの卒業式

二月二十七日

自分が卒業する訳でもないのに私は落ち着かなかった。和服を出してみたものの、セーターにブレザーという普段着と較べると、いかにも寒そうだ。加えて今の私に、和服を着こなす心の余裕はない。かと言ってネクタイなしでは小言を頂戴するのは明白だ。迷った時のお洒落は大抵失敗する。

二月二十八日

朝から母の動悸が収まらず病院に付き添った。待ち時間三時間はザラなので学校は休むしかない。幸い三年の授業は終わっているし、二年の試験監督もない。

「手術を受けないんだから何があっても仕方ないでしょう。予兆がないのが大動脈解離の特徴だからね」

相変わらずこの医者の説明は簡潔で素っ気ない。取り敢えず今日は大丈夫だろう。私は少し安心し、下のコンビニに行った。店員の顔も見ずにレジにヨーグルトを置いた瞬間、周囲の空気が動き、胸が昂り動悸がした。

顔を上げると向こうも目を瞠っている。四年前、定時制で一年だけ担任したSだ。元々鼻筋の通った二重瞼のイケメンだったが、どこか脆い所があり、面談したのは一度や二度ではない。それが背筋をピンと張り、真っ直ぐこちらを見下ろしている。

「立派になったなあ。よく四年間辛抱したな。明日卒業やろ」

「はい」

「卒業おめでとう」

私は自分でも驚く程大声を出した。彼は軽く会釈を返した。一足早く十六人の卒業式に参加出来た気がした。

三月一日

何を着て行くのか迷った。仕方ないので人民服のようなブレザーの下にタートルネックセーターを着込むことにした。襟が立っているのでネクタイは不要だ。

地下鉄を降り四条通を西に向かっていると、艶やかな着物姿の女性と擦れ違った。ややも鰓《えら》の張った利発そうな横顔に見覚えがあった。

「おいN」

振り向いた女性は大声を上げて友達を呼んだ。

「ウッソー、ホンマ⁉　先生！　ちょっとちょっとN美。ファッショニスタや」

離任の挨拶も出来ず、僅か二年で異動させられた前任校の三年生だ。赴任して初めて質問に来た二人組である。尤もその後は大変で、試験中は中々家に帰して貰えなかった。前任校では女子は和服で卒業する習慣がある。レンタル着物の店から出たところで私に遭遇した訳だ。

「卒業式来てくれんの」

「アホか。今年は三年担当したし、今の学校へ行かんとしゃあない」

停年まで四年、初めての普通科。少なくとも彼女達の卒業は見送りたかった。健康美溢れる彼女達（及びその友人）とスーパー進学校である現任校の三年生の姿がしばし重なり、半年程は秀才然とした教員達に違和感を覚えた。その蟠《わだかま》りが霙《みぞれ》混じりの強風の今朝、氷解したのである。

私は今、フルネームで名前を覚えた百六十人の卒業式に出席している。

お決まりの陰鬱な歌がテープで流された後、校歌を歌った。一般に古い学校の校歌はよく出来ている。周囲の景色を詠み込み一度変調するだけだが、曲が進むにつれ程良く心が昂揚してくる。確かに四階のアリーナからは、ビルの谷間に比叡や妙心寺の裏山を望むことが出来る。

校長の式辞は珍しくまとまっており、話がグダニスクの連帯に及んだ時には少し驚いた。亡くなった父はその頃ポーランドに滞在していたのだ。親父は何人の

郵 便 は が き

料金受取人払郵便

新宿局承認

7553

差出有効期間
2024年1月
31日まで
(切手不要)

1 6 0-8 7 9 1

141

東京都新宿区新宿1－10－1

(株)文芸社

愛読者カード係 行

お名前《ふりがな》		明治 大正 昭和 平成 年生 歳	
ご住所《ふりがな》	□□□-□□□□		性別 男・女
お電話番号	(書籍ご注文の際に必要です)	ご職業	
E-mail			

ご購読雑誌(複数可)	ご購読新聞 新聞

最近読んでおもしろかった本や今後、とりあげてほしいテーマをお教えください。

ご自分の研究成果や経験、お考え等を出版してみたいというお気持ちはありますか。

ある　ない　内容・テーマ(　　)

現在完成した作品をお持ちですか。

ある　ない　ジャンル・原稿量(　　)

書　名			
お買上 書　店	都道　　　　市区 府県　　　　郡	書店名	書店
		ご購入日	年　　月　　日

本書をどこでお知りになりましたか?

1.書店店頭　2.知人にすすめられて　3.インターネット(サイト名　　　　)

4.DMハガキ　5.広告、記事を見て(新聞、雑誌名　　　　)

上の質問に関連して、ご購入の決め手となったのは?

1.タイトル　2.著者　3.内容　4.カバーデザイン　5.帯

その他ご自由にお書きください。

(　　　　　　　　　　　　　　　　)

本書についてのご意見、ご感想をお聞かせください。

①内容について

②カバー、タイトル、帯について

弊社Webサイトからもご意見、ご感想をお寄せいただけます。

ご協力ありがとうございました。

※お寄せいただいたご意見、ご感想は新聞広告等で匿名にて使わせていただくことがあります。

※お客様の個人情報は、小社からの連絡のみに使用します。社外に提供することは一切ありません。

■書籍のご注文は、お近くの書店または、ブックサービス(0120-29-9625)、セブンネットショッピング(http://7net.omni7.jp/)にお申し込み下さい。

ゼミ生を送り出したのだろう。来賓の挨拶は一向に要領を得ず、私は眠ってしまった。

目覚めると身体が軽くなっている。私はこの学年との一年を、ひとつずつ反芻していった。よく出来るとばかり聞かされていたのでスピードを上げ過ぎ、数学が苦手な生徒の気持ちを汲まなかったこと、スマホで調べるのか、毎日黒板の日直欄に今日は〇〇の日と書き込んでいた生徒、駅ビルのような校舎に戸惑い、何度も教室を間違えたこと……。気付かぬうちにここに馴染みつつあるのかもしれない。

式の後、何人かの生徒とカメラ（スマホ）に収まった時は嬉しかった。学校も今日ばかりは大目に見るのか、色白の肌に紅を差している生徒もいる。年明けからずっと面倒を見ていた二人は、残念ながら姿を見せなかった。入試の出来が芳しくなかったのだろうか。兎に角今は待つしかない。

式場の片付けの後、私は壇上の花瓶の中から土産にする花の吟味を始めた。桃の枝は遠目で見るよりずっと太かったので諦め、芍薬《シャクヤク》とカーネーションを選んだ。花が街を眺められるように、頭だけリュックから出してやり校門を出た。そして思った。今の二年生の卒業式には是が非でも出てやる。

母

「外の人、もしかしたら犬かもしれないんだよ」

母はたまに顔を見せる野良を総称して〝外の人〟と言う。

「何しろ長くて食べっぷりが猫離れしてるんだよ」

私は先日昼酒のさなかにその生き物に遭遇した。

ヴェランダでフリスキーを貪る乾いた音がするので、そっとカーテン越しに覗くと白黒の大きな猫が皿に顔を突っ込んでいる。斑と言ってもそこいらの斑ではなく、直径五、六センチの円形が白黒交互に貼り合わされた、一度見たら忘れられない顔だ。部屋飼いのどの猫よりも大きく、体全体が丸みを帯びている。確かに夜間あいつが匍匐《ほふく》前進をすれば、キツネを狩る胴長の犬と間違えても仕方ない。

猫と判明してから数日後、母は意外な話をした。今度は子連れで来たのだという。仔猫は母猫と全く同じ柄だが、栄養状態は余り良くないらしい。母猫は自分は一粒も口にせず、慈愛と哀しみの混ざった何とも言えない表情で、仔猫を見守っていたそうだ。

「この寒さだからダンボール箱ぐらい置いてやった方がいいかねえ」

私は呆れた。大動脈解離を患い、医者から生きているのが不思議だとまで言われているのに、まだ野良の心配か。最近では近所に餌を買いに行くだけで足元がふらつき、鞴《ふいご》のように息が荒くなる。私が仕事の帰りに買ってくると言っても、半日も放っておけないと聞かない。猫の世話が母の命を繋《つな》いでいるのかもしれない。

先週末、私も仔猫を見ることが出来た。冬枯れの空地からこちらへ向かおうとしている。ブロック塀のアルミ柵の間に体をねじ入れたものの、意外な段差に躊躇っている。元来鉤状の爪は登るには適しているが、垂直に下りるには向いていない。爪を軋ませながら慎重に歩を進め、やっとヴェランダに這い上がってきた。

穏やかな表情の母猫と違い、明らかに目付きの鋭い野良の顔だ。斑も所々で白黒が混ざっており、うす汚れている。肩甲骨はとび出し肋骨が浮き出ている。瞬く間にフリスキーを平らげたので、猫罐を追加してやった。仔猫は食べ終わっても逃げようとせず、じっとこちらを見ている。暫く付き合っていたが、冷えてきたのでガラス窓を閉めた。

訪問が数回続き、仔猫は体を触らせてくれるようになった。陽差しのある時は雨戸の桟に身をこすりつけ甘えている。入れてくれと頼んでいるのだ。

立派な母ちゃんがいるのにと思いかけて私は気づいた。あれ以来母猫の姿を見ていない。野生動物は子供が独り立ちする年齢になると、親が無理にでも親離れを促し、次の繁殖相手を探す。しかし仔猫は生後一年も経っていない。何かの都合で子供を手放さざるを得なかった母猫は、子供を託しに家へやって来たのかもしれない。

「あのお婆さんに面倒見て貰うんだよ。じゃあね、元気でね」

仔猫の鳴き声すら聞こえなくなった母は、現在新顔の処遇を検討中である。家猫イレブンにリザーブが加わる日も遠くないだろう。

動物診療室

今年十八歳の雌猫は皮膚病でもう一年以上、六地蔵の動物診療室に通っている。自宅から、秀吉の家臣達が住んでいた桃山丘陵を越えればタクシーで十分、宇治川沿いの鉄路より遥《はる》かに早い。丘陵の頂上にある黒田長政屋敷地跡からは、南東に拡がる宇治市街が見渡せる。六地蔵は伏見と宇治の中間に位置する。

診療室は幹線道路沿いだが待合室は静かだ。床から天井まですべてガラス張りなので、一年を通じ日差しが燦燦と降り注ぐ。人間の病院のように自分の病状を声高に語る者はおらず、患者同士適度な距離が保たれている。温泉で傷を癒す野生動物が争わないように、患者の間で騒ぎになることはない。自力で立ち上がれず、飼い主が下の世話をしているゴールデンレトリバーから、尻尾をくるりと巻き上げ肛門を曝した、どこが悪いのかわからない柴犬まで、病状も種類も様々だ。

家のと同じキジ猫を連れた人に会うと、自然と笑みがこぼれる。

東側に並べられた観葉植物の間からは、近所の人々の生活が窺《うかが》える。十一時半開店の豚骨ラーメン屋は、六のつく日は半額。一軒置いたファミマの二階のヴェランダは家庭菜園、更に三階の屋上に小屋が立ち、洗濯物が翻っている。

北に目を向けると、牛が臥せたような山科の山々が顔を覗かせている。いずれも山裾が広そうで、桃山や稲荷山とはスケールが違う。

私が気に入っているのは待合室だけではない。自分の身体さえ余り省みないのに、測ったように二週に一度、ここに来る一番の理由は主治医と会うのが愉しいからだ。つややかな白い肌に大きな瞳。飾り気のないショートヘアは、鳥の濡れ羽色でよく手入れされている。猫の傷口を丹念になぞる指先は繊細というほかない。

人間の医者にありがちな上から目線ではなく、飼い主の意見を採り入れながら治療方針を決めてくれるのも有難い。高齢なので皮膚の縫合手術はせず、軟膏の擦り込み中心で行くことになった。猫には悪いが快復に時間がかかるほうがこちらは嬉しい。

最近では病状以外にも色々な話をするようになった。『ルーブルの猫』という漫画を貸してあげたら、二度読みしているという。行ったことがあるので興味を惹くらしい。話題が変わってもポイントをはずさないので、獣医としてのみならず聡明な人なのだろう。現在無職な上に老老介護、イライラしている私は通院のたびに気持ちが鎮まる。猫は猫で特別扱いされていると勘違いしたのか、六つ子の中で一番弱虫だったのが大声で自己主張し、真っ先に食事を摂るようになった。

主治医が一日でも長く動物診療室に留まってくれるよう、祈るばかりである。

水仙

丹波橋通はほぼ坂道である。西端の下鳥羽から東端の桓武天皇陵まで二・五キロメートル。とりわけ奈良線の踏切から、御陵さんの入口までの勾配はきつい。坂に平行して、北側五メートル程下にもう一本の道が通っているので、ガードレールの外側は、土が剝き出した急斜面である。何時からか近所の人が鍬を入れるようになり、今では椿、山茶花、カンナ、芒、秋桜などが植えられている。

小寒過ぎのことである。私は道に頭を差し出している一本の水仙を見つけた。四十センチ程の茎の根元近くが折れてしまっている。群生していれば互いに支え合えるが、灌木に押され水仙は少数派である。かつ斜面に植えられているので根元は不如意だ。私はしばし考えた。手折るのは気が引けるし、つっかえ棒を探すには暗すぎる。そこで隣の水仙の葉に頭を凭《もた》せ掛けて、その場を離れた。

数日間水仙は直立していた。花も持ち直したかに見える。再び折れても、これを繰り返せば良いだろう。

更に数日が経ち私は一寸（？）驚いた。件の水仙が中空に向かって伸びている。よく観てみると枯れた蔓《つる》で輪を作り、茎を縛っている。花を気に懸けている人が他にもいる。私は親近感と同時に、そのセンスに嫉妬を覚えた。

直立《じき》春である。水仙も春を迎えるに違いない。

向日葵《ヒマワリ》

〝向日葵〟と漢字で書くと真夏の太陽と張り合う逞しさを感じるが、今年私が購入した花は違った。種を播いても一向に双葉が現れる気配がないので、仕方なく苗を買いに花屋に行った。向日葵は苗から育てる花かどうかは考えなかった。店頭に並んでいる黒いヨレヨレのプラスチックの鉢《はち》に、苗が一本ずつ植えられている。高さ二〇センチ程で既に頭を垂れているものもいる。今考えればこいつらが成長して向日葵になる筈がない。ただそれを店主に問い質す勇気はなかった。店主も枯れかけの花を売るのは気が引けたのか、百五十円が百円になった。

案の定三日ももたず花は枯れたが、向日葵への憧れは枯れなかった。釈然としないので別の店を訪れ、漸く事実が判明した。私が苗だと思ったのは向日葵の亜種だったのである。犬に譬えれば最近流行りの豆柴だ。豆柴はいくら待っても柴にはならない。

私は気持ちを切り換え店頭の花を買い、立派な豆向日葵を育てることにした。一つの花が枯れてもそれを落とせば次が出てくるという、花好きそうなお姉さんのアドバイスが気に入ったのである。

花を落とすのは余り気持ちの良いものではない。剪定鋏《せんていばさみ》を使うのが礼儀だと思い、切るのは朝にした。すると一週間も経たないうちに、本当に切り口近くに直径数ミリの花が二つ顔を覗かせたのである。前の代が枯れて次の代に繋ぎ、一族の命脈が保たれる。

私は改めて自然の摂理を思い知らされたと同時に、豆向日葵に自らの希望を重ねた。

朝顔

今年は朝顔を播かなかった。去年の種をどこに仕舞ったか探すのが億劫だったのである。初夏にもかかわらず、ヴェランダには猫の草（毛繕いで胃に溜まった毛を吐き出す為）と洗い桶に放り込んだ蓮《ハス》の苗しかない。やはり色は欲しい。

舌打ちをして、たてつけの悪い雨戸をこじ開けた或る朝、小さな変化に気付いた。苗を植えておく直径七、八センチ程の黒いポリエチレンの器から、懐かしい葉が顔を覗かせている。雑草に囲まれやっと立っているので、最初は朝顔だと気付かなかった。去年の種が自然に弾けたらしい。私は軽い感動を覚えた。ひび割れた痩《や》せた土と、時折播く猫の飲み残しの水だけで、この種は一冬を越したのである。

取り敢えず去年の素焼きの鉢に戻してやり、消費期限切れの肥料をやった。本人は特に嬉しそうでもない。葉は黄ばんでおり、まず花は無理だろうと思っていたら、葉と葉の間からまた小さな葉が出てきた。割り箸を添え土を増やした。

　暫くすると蔓が伸びてきたので、ヴェランダの柵に衣類用の突っ張り棒を立てた。プラスチックの棒は登りにくい。少しの風ではずれてしまうので、荷造り用の紐で要所を括った。風情も何もあったものではない。しかし順調にいけば七月初旬朝顔市の頃には花が咲く、七月に種を播いたので、咲くのが晩秋になったこともある。

　朝顔は飄々と育ってゆき、六月半ば最初の花を咲かせた。小振りで清潔感のある薄い水色である。花の先が朝露に濡れている。出勤前の憂鬱《ゆううつ》な朝に彩りが加わり、雨戸を開けるのが愉しみになった。花をつけない日もあれば、一度に五つ、六つ咲く日もあった。下から順に咲く訳ではないので、うっかりすると根元の花を見過ごしてしまう。花は人に見られる為に咲いているのではないが、よく咲いたなと声を掛ければ悪い気はしないだろう。一粒の種から、咲く花の色がまちまちなのは不思議である。

八月に入ると朝顔は疾《と》うにヴェランダの丈を超えてしまい、蔓は当惑して宙を漂っている。もう棒はないので、洗濯用のロープを物干し棒用の金具に結びつけた。緑と紫の二本の蔓が争うようにロープをよじ登ってゆく。繁茂《はんも》する葉は強烈な朝の日差しを遮ってくれる。一晩中クーラーの室外機の騒音に晒《さら》されているのに、健気《けなげ》なものだ。

台風を乗り切ると流石に朝顔は衰えた。完全に開く前に力尽き漏斗《ろうと》状で終わる花が目立つようになった。今年はもう無理かなと思った翌日に、一輪の花を見ると勇気づけられた。

九月末、朝顔は最後の花を咲かせた。忙しさにかまけて放っておいたら種が弾け出したので、先日漸く片付けにかかった。荷造り用の紐が秋風に揺れていた。上蔓は予想以上の力で絡みついており、心ならずも鋏を使わざるを得なかった。上から順にひも解いてゆくと最後に、最初の芽に辿り着いた。確かに苗床から移した時と同じ鉢の隅である。試しにそっと抜いてみると、長さは七、八センチ、この根が二メートルを超す今年の朝顔の源流である。一粒の種は一夏を咲き切った。

或る投手の死

今年定年を迎えた私の一日は野球観戦から始まる。打撃好調の大谷を愉しみに、その日もテレビの前に腰を下ろした。ところが流れる映像は過去の日本人メジャーリーガーのものばかりで、一向に試合が始まらない。雨による延期なら球場の様子が映る筈だ。アナウンサーや解説者の音声が全く入らないのも妙だ。

事態は夜になって明らかになった。チームの中心投手が急死し、球団は喪に服したのである。しかもその投手は前日の先発で投げたばかりである。脂の乗り切った打撃陣に比べ、エンゼルスの投手陣は若く大人しい。二十八歳ながら毎年安定した成績を残す彼は、若手の精神的支柱だった。

私が惹かれていたのは直球とカーブのコンビネーションもだが、どんな場面でも淡々と仕事をこなす姿勢とその容貌である。思慮深そうな眼窩と、無雑作に整えられた黒髪は、ラファエロの「アテネの学堂」を髣髴させた。

　前日の登板でも後アウト二つで勝利投手の権利を手にする、四回三分の一までリードを守ったところで交代を告げられた。が、彼は顔色ひとつ変えずマウンドを譲った。試合はリリーフ陣が崩れ敗れた。

　球団は一日休んだだけでロードに戻った。野球選手は野球をするのが一番良いし、それが何よりの供養になるとの監督の判断だった。ベンチにはネームと背番号が見えるようにユニフォームが掛けられ、全員が左胸にエンゼルスタワーの円形のバッヂ。白地にチームカラーの真紅で45。

　日程に戻ってから二試合目のことである。切れのある直球とスライダーをテンポ良く投げ込む、メジャー一年目の二十歳の投手が先発だった、初回はなんと三者三振。しかし飛ばしすぎたのか、四回につかまり降板した。彼はベンチで暫く俯いていたが、やがて色白の肌が紅潮したかと思うと号泣し始めたのである。打たれて涙する若手はいるが、号泣する投手は見たことがない。アナウンサーも解説者もしばし言葉を失っている。

やがて現地のレポーターの報告が入った。その日はローテーション通りなら、亡くなった投手の登板日だったのである。若い投手は是が非でも勝たねばと思い力が入った。打たれ出した時、既にその眼は赤かったという。そしてベンチで真っ先に横に座り彼を慰めたのは、45番のキャッチボール相手だった投手である。帽子の庇には黒マジックで45とTWS。

同じサウスポーだった、普段冷静な解説者は絞り出すように言った。

「仕方ないですよ、今日は。仕方ない。タイラー・スキャッグスの記憶は、エンゼルスの歴史と共に永遠に生き続けると思います」

追伸　全員が45をつけて戦ったホームでの追悼試合。投手二人でノーヒッターを達成。試合後マウンドは45番で埋め尽くされた。

初恋のきた道

都会で働く息子に田舎の母から悲報が入る。
「そんな……。正月に帰った時は元気だったのに」
父は村の小学校を立て直す資金集めに奔走し、その帰途、吹雪に遭《あ》ったらしい。息子は取るものも取り敢えず、村へと続く一本道を急ぐ。彼方に見えるは天山の山々だろうか。

村に小学校を建てる話が持ち上がったのは半世紀前。学校が出来れば村は活気づく。越任してくるのは大卒のフレッシュマンらしい。母は物陰からそっと様子を窺う。噂に違わぬ長身の、実直そうな青年を見て母は恋に陥る。

ただ一人の教員である青年には、やることが幾らでもあった。授業の準備の傍ら、現場で村人と共に資材運び。女性は不浄とされ現場には入れなかったが、各自が腕によりをかけて昼食を作り、急拵《きゅうごしら》えのテーブルに並べていく。男達が自分の料理を食べてくれるかどうか、期待しながら共同井戸で待つのである。汗を流した男達は、そんなことはお構いなしに、片端から皿を空けてゆく。夜は夜で青年は各戸を回り、心尽くしの手料理を振る舞われる。

いよいよ母の番になり、彼女は朝から準備に余念がない。おかわりをよそいながら、思い切って話しかける。

「お昼の私の料理どうだった」

突然話を振られてしどろもどろの返答に、母は笑顔で応える。

「嘘が下手ね」

教養はないが利発な母は、それまでの献立をすべて暗記していたのだった。身分が違う一途な娘を案ずる祖母の心配を他所《よそ》に、恋は実るかに見えた。ところが竣工間近になって、父は村を空けることが多くなった。

文革の時代ならば、自作の詩を朗読する教師はブルジョアと見做され、咎《とが》められたのだろう。父は中央に、再教育の為に呼び戻されていたのかもしれない。母はせめて栄養をつけさせようと、お皿に料理を盛って父を追う。が、二人は会えず皿は割れ、途方にくれた母は一本道の彼方を見続ける。

どれだけの時が過ぎたのだろう。高熱を出してうなされていた母に、祖母が嬉しい知らせをもたらした。父が村に戻り、母の看病をするとすぐに街に引き返したのである。以来少しずつ村に留まることが多くなり、父と母の仲は周知の事実となった。そして小学校再建の日、ついに父は村に戻ったのである。子供達の人望もさることながら、親達の熱意が党を動かしたらしい。

父はその後亡くなるまで村を離れなかった。息子が父の職場を訪れ、不思議に思ったことがある。父は教室の天井を絶対に張らせなかった。資金は村人の浄財で足りていた筈なのに。

葬儀を終え町に戻る息子に、村長は粋なはからいを見せる。建て直された小学校で、授業をさせてくれるというのだ。教材は勿論、父の詩である。共同井戸で息子の美声を聞きながら、母は涙する。息子はふと思い当たる。父が天井を張らせなかったのは、母と共に授業がしたかったからだ。梁《はり》には母の手縫いの布が巻きつけられていた。私はあなた方の息子で幸せでした。これから母を守って生きていきます。

一九九九年中米合作映画。私はＢＳで観ました。ところでアメリカは、制作過程でどのような援助をしたのだろう。『山の郵便配達人』など中国映画の力量は、誰もが認めるところだが……。

一九四五年八月九日

一「TOMORROW」

若い二人が長崎で結ばれる。若者は路面電車の運転士、娘は仕立て直しが得意である。

妻は盥《たらい》一杯で湯浴みをすませ、蚊帳で夫を待つ。ぎくしゃくした雰囲気の中、或る提案がなされる。

「明日のお弁当、届けてあげましょうか」

翌朝なけなしの食材を組み合わせ、心づくしの料理を作った。気温はぐんぐん上昇してゆく。妻は風呂敷包みを抱え約束の電停に立った。何台かの電車が通り過ぎ、漸く制帽を被った夫の凜々しい姿が現れる。

一九四五年八月九日　午前十一時。

二「母と暮らせば」

一九四五年八月九日。市民は暑さに不平をこぼしつつ、いつも通りの生活を始めようとしていた。

女手一つで二人の息子を育て上げた母は、長崎医専に通う次男を送り出したところだ。長男は兵隊に行っている。あのおしゃべりがもうじき医者か。母ちゃんの病気は全部、俺が治してやると心強い。既に師範に通う許嫁《いいなずけ》もいる、母はなんだか可笑しかった。

医専では解剖学の講義が佳境を迎えていた。教授の大声が、開け放たれた窓から夏空に吸い込まれてゆく、と、そこに一機のB29が現れる。高々度だ、爆撃はないだろう。学生達が黒板に目を戻した瞬間、すべては灰塵に帰した。息子は天に昇っていった。

彼は医学生らしく考えた。僅か数時間前に家を出たばかりだ。一体、何が起きたのか、母は、許嫁は……心配でたまらない。日本の無条件降伏の頃から、息子の魂は時折、地上に戻るようになった。

母は気丈にも仕事を続けている、母にとって日常は息子と同じぐらい大切なのである。許嫁は実家から引っ越して母を支えている。押し売りが母目当てに、縁側に座わり込んで無駄話をしている。

数年が経った、母は原因不明の病で伏せることが多くなった。息子を忘れて、早く次の人を見つけなさいと許嫁に諭している。無論自分もそうして欲しい。

彼は母の手を取り、二人して天に昇っていった。

猫と野球とヘミングウェイ

『老人と海』の新訳が出た。福田恆存訳を手にしたのは四十年以上前、今思えばよくあの小さな文字が読めたものだ。国語が嫌いだった私が大学に入り、初めて読んだ翻訳ものが『老人と海』である。『武器よさらば』『誰がために鐘は鳴る』などは長くて苦痛だったし、ロストゼネレーションの微妙なニュアンスも理解しかねた。旧友に会うような胸の昂りを感じ早速本屋に走った。訳者は高見浩氏である。

カジキに焦点を当てた装丁が美しかった。水深百五十尋《ひろ》の海からボートの船底を窺いながら、背鰭を立ててしなやかな巨体をくねらせている。垂直に差し込む陽光を軸に、海亀や小魚の群れが渦を巻く。闘いの前の静謐の時。夢中で頁をめくるうち、程無く作者と自分の共通点に驚いた。いずれも昔は考えもしなかったことだ。

孤独を愉しんでいるかに見える老人にも弟子がいる。少年は漁獲量だけにこだわる親の世代に飽き足らず、経験を頼りに天候や潮の流れを読む師匠に心酔している。技を教わりながら何かと身の回りの世話を焼く。老人も少年をパートナーとして扱う。

差し入れの古新聞を読みながら野球談議。

「今日は（ヤンキース）負けたよ」

「それがなんだ。ディマジオはもうすっかり本調子なんだぞ」

「ナショナルリーグは……ブルックリン（ドジャース）だろう。しかし、フィラデルフィア（フィリーズ）にはシスラー（イチローに破られるまでシーズン最多安打記録を持っていた、シスラーの息子）がいる」

作品の舞台であるキューバは、野球が盛んである。私も四十年以上野球と関わってきて、漸く野球をひとつの文化として捉えられるようになった。大リーグ観戦は定年後の日課になっている。

作家に野球好きが多いか否かは不明だが、漱石や百閒のように猫好きは少なくない。キューバのヘミングウェイ宅には五十数匹の猫がいたそうだ。気儘な猫のしなやかな身体を撫でていると、原稿用紙と闘っている作家の神経が安らぐのだろう。写真集『作家の猫』には猫を抱いて御満悦のヘミングウェイが載っており、高見浩氏のコメントがついている。猫は『老人と海』では最終盤にふらりと登場するだけだが、漁港の洒落た彩りになっている。『われらの時代』に収められている「雨の中の猫」は掌編中の掌編である。

私は現在、自分が育てた一家と母の遺した野良達、計九匹の面倒を見ている。餌代と薬代はきついが、こちらの心中を見透かすような視線の魅力には抗えない。

新訳に戻る。カジキとの五日間に及ぶ孤独な戦いの中、老人は正念場を迎える度に「あの子がいりゃいいんだが……」を繰り返す。足で銛綱を踏みながら、舷に凭れて食事や仮眠をとる。カジキは獲物であり友人である。

「おまえもこたえてきたか」

「おれもな、同じようなもんだ」

「ぐずった割には、まあまあの働きをしおった」

釣り上げた後もカジキへの敬意を失わず丹念に捌く。銛綱を索止めからほどいて、先っぽを魚の鰓に通す。……すぐにまた銛綱を少し切り、こんどは艪に移って先っぽにも輪をかける。

老人は木の葉のような船の上で完璧な仕事を成し遂げた。

帰路サメにカジキを奪われてしまうが、落胆した様子は窺えない。少年と言葉を交わし、若い頃、猟をしたアフリカの夢を見ながら眠りに落ちる。既に次の闘いに備えているのである。少年が涙する程手が擦り切れていても、老人のファイティング・スピリッツ（ヘミングウェイはボクシング好き）は衰えない。

作中の人物は何度ダウンしても立ち上がるが、作家はそうはいかない。自らが許容出来る文章が書けなくなった時、どう身を処せばよいのか。野球選手のように、やり尽くしたと引退することは出来ず、酒や薬、異性の力を借りてでも書き続ける。

家族がおらず猫と暮らしている私は孤独である。が、それは病気や金銭面の不安であり、目に見えるものだ。目に見えない孤独と闘い続けた作家の遺した作品に、日々の無聊が慰められている。九匹の猫の世話を通じて、辛うじて世間と繋っている毎日だ。

勧修寺の蓮

勧修寺と書いて「カジュウジ」と読む。勧修寺は京都市東部、山科《やましな》にある。市の中心とは桃山丘陵で遮られており、さらに東の比良山系を抜けると琵琶湖である。初めて訪れたのは三年前だった。車なら伏見から大岩街道を経て三十分もかからないが、私は奈良線と東海道線を乗り継いだ。

山科駅を降り西に歩く。幅数メートルの道の両側に新聞屋、ケーキ屋、薬屋などが軒を連ねている。昔の街道だろうか、街は陽だまりの中ひっそりと落ち着いている。南北に走る広い道に出て、左に折れると勧修寺である。

観光バス用の駐車場の奥に壮大な門、皇室御用達《ごようたし》の威厳が漂う。大石内蔵助もここに来たのだろうか。枯れた寺の好きな私は本堂の見物を罷《や》め、境内を一周することにした。時計回りに歩くと左手は竹林、右手は池である。竹林は余り剪定されておらず自然に任せてある。池も設計された様子はなく沼に近い。

道は起伏に富み、出発点に戻った時は心地よい汗をかいていた。まだ暑さが残っていた。一息ついて腰を下ろすと、池に小舟が繋いである。小舟はあちこち傷んでおり、使い物にはならない様子だ。不思議に思い辺りを見回すと、近くの木に札がぶら下がっていた。

「蓮の苗、ご自由にお持ち帰りください」

枝にはポリ袋が吊《つ》るされ、幹に熊手が立てかけてある。私は躊躇なく小舟に移り、当てずっぽうに苗を掻き集めた。家に帰ってことの顚末《てんまつ》を話すと、母は物好きだと笑っていた。

問題はここからだった。蓮の育て方がわからない。庭に転がっていた植木鉢の底を塞《ふさ》ぎ、そこらの土を放り込んだ。滋養分豊かな泥地で生まれた蓮には、迷惑だっただろう。私は定年を控えそわそわしており、時折、鉢を覗くだけだった。気温の低下と共に蓮は力なく底に沈んでいった。

幸い蓮は生きていた。二月の終わり頃、首をもたげ始めたのである。丸まった小さな赤い葉が水面に出る。それがやがて、切り込みの入った緑の葉を拡げていく。私は自分の不分明を恥じた。せめて新しい住処《すみか》を用意してやらねばならない。

アルバイト探しの合間に陶器を漁り回った。プラスチックでは余りに無粋だ。近所に大量の陶器を積んである家を見かけた。防火用水のバケツさながらである。事情を話し一つ譲り受けた。外側は薄茶、内側は鮮やかな茶色で口には溝が彫られている。蓮は気に入ったようだった。元気な蓮と対照的に母は衰えていき、この年の秋、亡くなった。

最晩年は認知症だったので、遺品の整理は大仕事だ。取り敢えず本から始めた。英文学、短歌、猫本……。父の蔵書も未だ手つかずで、傷んでいる家の修理もせねばならない。私は猫九匹を抱え途方に暮れた。水仕事で指は裂け、酔ってしばしば転んだ。冬蒲団《ふゆぶとん》を探すのも億劫で、猫と一緒に寝た。母の蒲団は手摺《てすり》にかけたままだった。それでも春は来た。

母の植えた桜と私の植えた桜が、並んで咲いている。揚羽《アゲハ》が蜜柑や金柑の間を翔び始めた。私は漸く動き出した。出来る範囲のことをすればよい。

ある朝、台所の窓から物置が見えた。紫陽花《アジサイ》を掻き分け開けてみると、ほとんど空っぽで火鉢が一つだけ鎮座している。父母のどちらかの父母が、暖を取っていたのだろう。灰がそのまま残されている。

私は閃《ひらめ》いた。火鉢を傾け転がしながら取り出し、門の蓮のところまで運んだ。鉢の表面は薄い鼠《ネズミ》色と鮮やかな青。所々茶色の地が顔を出している。絵付けも秀逸だ。大小の扇が配され上部に梅が描かれている。一点を中心にして、一つの正方形を九十度ずつ回転し、重ね合わせた文様が描かれている。しかも、回転した三つは別々の色だ。

蓮を活《い》けてみると、梅雨にもかかわらず涼味満点だ。家の整理が一段落したら、墓参りついでに山科に足を伸ばすつもりだ。

相撲と私

照ノ富士の連続優勝で九州場所は幕を閉じた。インタビューにも全く表情は変えず、淡々と日本語を操っている。三段目から大関に戻り横綱へ、心技体が充実し不動明王のようだ。

私が相撲にハマったのは中学二年、四十九年前の九州場所。病院のベッドの上だった。秋口から腹部に違和感があった。胃に油を注がれたような重みがある。両親は引っ越しの後始末で忙しく、私は新居で放っておかれた。さらに悪いことに、二人共関東出身で伏見には疎かった。

漸く入院した病院は、ハラキリ病院だった。ろくに問診もせず盲腸と決めつけられ、背中に針が打ち込まれた。健康な臓器が、身体から引き剝がされ無念だった。

予想通り私は盲腸ではなかった。両腕にびっしりと紫斑が現れたのである。院長の息子が慌てて大病院に運んだ。点滴を受け一息つくと全身から力が脱けた。死なずに済んだ。明らかな誤診なのに一言の詫《わ》びもなかった。

主治医は掌の大きな老人だった。指先で胸と背中をゆっくり叩《たた》いてから、丁寧に聴診器を当てる。「気」が吹き込まれるような気がした。治療方針も明確だった。紫斑病が腎臓に及ぶと危ない、よって食事から塩分を抜く。トイレ以外はベッドの上で過ごしなさい。

午前中は検査などで気が紛れた。優しく〝俊ちゃん〟と呼んでくれる看護婦と、憎たらしいと本音を漏らす人。正《まさ》しく人様々だった。けだるい午後の友人はトランジスタラジオだった。時は秋、各地の実りを伝える抑制された声の後、澄んで乾いた拍子木の音が聞こえてきた。

夏に豊橋で、祖父と名古屋場所を見たのを思い出した。オレンジ色のまわしを締めた、ハワイ出身の力士が優勝したのである。

取組を伝えるアナウンサーの声は宝物だった。映像がないので想像で補う。現在、幕内力士の平均体重は一六〇キロ、当時の力士は一二〇キロ程だった。土俵際はもつれにもつれ、行司は困っていただろう。死に体、つき手、かばい手……。近頃の無粋なビデオ検証はなかった。両者落ちるのが同時と見て取り直し、このルールは他のスポーツにはない。

相撲は勉強にも役だった。四股名《しこな》を告げる呼び出しの声は、しわがれているのによく通る。幕下以下は本名や出身地が多いが、関取になると凝ってくる。漢字ならどう書くのだろうか予想する。場所後に発売される相撲の雑誌で確認する。漢字現在に至る私の漢字好きは、相撲のおかげである。

また、相撲は歴史への誘いになった。相撲の起源とされる、野見宿禰《のみのすくね》と当麻蹶《たいまのけ》速《はや》の闘いは神話だろうが、奈良には実際相撲神社がある。江戸時代は江戸相撲と大阪相撲、東西二つの興行団体があった。役者や遊女と並んで、力士は版画の主役だった。更に横綱は最強大関を指し、番付には記載されていなかった。いずれも入試には出ない事由である。

初場所から一ヶ月経って、やっと退院出来た。私は片道十分の徒歩通学で精一杯、貧血で倒れることもあった。無論、体育はすべて見学である。身体に力が戻ってきたのは、三年になってからである。病院で身についた独学を重ね、何とか大学のある一貫校に滑り込んだ。片道優に一時間かかる通学は、いい体慣らしになった。体重は六〇キロを超え、私は軟式野球部に入った。小、中と球はそこそこ速かったのである。

運動神経が鈍いので複雑なルールを覚えるのに苦労したが、冬場のトレーニングは愉しかった。当時は科学的なトレーニングは少なく、専ら長距離走と相撲が主だった。自分より上手な部員を抜き、投げ飛ばす。基本的には右四つがっぷりだったが、たまにラジオで学んだ小技を掛けた。一つ下の投手に足取りを決めた時の、彼の表情は忘れられない。しなやかで力強い取り口に対抗するには、それしかなかった。体力に自信のついた私は、一浪して別の大学に入った。

最初に入ったのは陸上部、ボールではなく、槍を投げるという所作に惹かれたのである。トレーニングは高校より遥かに細やかだったが、よく相撲は取った。細身の先輩が〝おっつけ〟や〝ハズ押し〟を教えてくれた。お前は圧力はある、でもそれだけじゃ駄目だ。右下手を殺されると、なす術がなかった。体の捻《ひね》りを足の運びで直進力に変える槍投げは、私にはむずかし過ぎた。何より走力に欠けていた。たった一年で諦め、軟式野球に戻った。

しかし進展はなかった。相撲も野球も、結果に至るまでのプロセスが大事なのである。組み合うまでのまわしの取り合い、フルスイング出来るスタンスの取り方。私は何も考えていなかった。

高校の数学教員として三十三年勤め、うち二十年は軟式野球部の監督だった。定年を迎えた現在、ＢＳの大リーグ中継や大相撲を見ながら、私は一人歓声をあげている。バットが下から出ている、右脇が甘いなどと。傍《はた》から見たらさぞ滑稽なことだろう。

蜜柑（三）

今季も庭の蜜柑は大豊作だった。通常、豊作、不作の繰り返しで二年続きは珍しい。二十年程前、露店で求めた苗木を、母が面白半分に植えたらしい。優に三、四百は生っている。一人暮らしの定年退職者には身に余る数だ。蜜柑の嫁ぎ先を探してやらねばならない。

最初は二ダースずつ、ゆうパックで知り合いに送っていた。かかりつけの獣医には五十個程、持ち込んだ。が、直《じき》に疲れてしまった。実を切るのは、傍目に見るより重労働なのである。鋏と袋を持って、バランスを取りながら木に登る。枝が実の重みで、自在に撓《しな》り撓《たわ》む。下手をすると小枝が頭に刺さる。脚立を使う時は緊張が増し、地面に降りるとホッとする。私は一計を案じた。

蜜柑、欲しい方はインターフォンを鳴らして下さい。完全無農薬、美味。青マジックで書き、ダンボールの看板をフェンスにぶら下げたのである。

最初の来訪者は慎ましい老婦人だった。一個でいいと固辞するのを、無理に五個持ち帰って貰った。二人目は近所の人だった。私が切るのが待ち切れないのか、自分で勝手に飛び付き出した。後にはヘタだけが残り、カラスの食い残しよりきたならしい。私はモリエールの「人さまざま」を思い出した。

三人目（正確には三、四人目）はベビーカーを押す若い母親だった。まだ喋れない子供が、たわわに実る橙色に驚いて、どうしても動こうとしないらしい。私は庭に母親を入れ、ダッコした子供に一個取って貰うことにした。母親が懸命に背伸びをし、子供が精一杯手を伸ばす。漸く捥ぐことが出来た時の感触を、この子はいつまでも覚えているだろう。

蜜柑の恩恵に与ったのは、通りがかりの人だけではない。メジロが五、六羽でやって来て実に小さな穴を開ける。少し啄《ついば》むと面白いことに別の実を突《つつ》き出す。穴の開いた実は私が食べざるを得ない。ツーピー、ツーピーとせわしく鳴く鳥には手こずった。小柄で素早いので枝は揺れていても、葉が邪魔になり姿は見えない。正しく声はすれども姿は見えず。たまたま一羽が道に下りたので、急いで図鑑で確認した。四十雀だった。なお、小鳥達は隣のモチノキもお気に入りのようだ。ムクドリやヒヨドリは確認出来ていない。

実を切る時は剪定もするので、二ヶ月程経つとトイレの窓からまた、前の家が見えるようになった。残りは十個しかない。立春が近づいた頃、散歩途中の老夫婦がやって来た。看板を見た息子が面白がって、メールを送ってきたと言う。二人は直ぐに二個の果実を差し出した。

形は蜜柑だがお尻に出っ張りがあり、橙色ではなく檸檬色だ。蜜柑と檸檬を交配させた新種である。甘味と酸味が混ざった、爽やかな香りがする。拳大の大きさで皮は厚い。蜜柑と檸檬では檸檬の勢いが勝るので、そのまま食べるよりジャムにした方が良いらしい。私は脚立を持ち出し、何とか最上部の実を切り、返礼とした。

ダンボールの看板は、もうはずさねばならない。よく一冬、風雪に耐えたものだ。最後の三個、二個は仏前に置き一個は鳥に残した。

著者プロフィール

永田 俊也（ながた しゅんや）

1959年　名古屋市生まれ。京都市在住。
’82年　京都大学工学部卒業
’87年　大阪大学理学部中退
’89年　広島大学大学院理学研究科修士課程修了
2003年　放送大学教養学部卒業
　　　　私立、東京都立校などを経て京都市立学校教諭（数学）
’05年　『Day Tripper —数学教師のたわごと—』を出版
’15年　『Day Tripper Ⅱ —夜間高校教師のたわごと—』を出版
’19年　定年退職
　　　　猫と活字と野球を好む。

Day Tripper Ⅲ　—退職教員のたわごと—

2023年 2 月15日　初版第 1 刷発行

著　者　永田 俊也
発行者　瓜谷 綱延
発行所　株式会社文芸社
　〒160-0022　東京都新宿区新宿1－10－1
　電話　03-5369-3060（代表）
　　　　03-5369-2299（販売）

印刷所　図書印刷株式会社

ISBN978-4-286-28037-0